Martin Bossange

Courtes observations de M. Bossange père

À MM. les membres de la Chambre de députés, relatives au prêt sur nantissement fait à la librairie par le gouvernement

Martin Bossange

Courtes observations de M. Bossange père

À MM. les membres de la Chambre de députés, relatives au prêt sur nantissement fait à la librairie par le gouvernement

Réimpression inchangée de l'édition originale de 1838.

1ère édition 2024 | ISBN: 978-3-38509-268-6

Verlag (Éditeur): Outlook Verlag GmbH, Zeilweg 44, 60439 Frankfurt, Deutschland
Vertretungsberechtigt (Représentant autorisé): E. Roepke, Zeilweg 44, 60439 Frankfurt, Deutschland
Druck (Imprimerie): Libri Plureos GmbH, Friedensallee 273, 22763 Hamburg, Deutschland

COURTES OBSERVATIONS

DE

M. BOSSANGE PÈRE,

A MM. LES MEMBRES DE LA CHAMBRE DÉS DÉPUTÉS,

RELATIVES

AU PRET SUR NANTISSEMENT

FAIT A LA LIBRAIRIE PAR LE GOUVERNEMENT.

COURTES OBSERVATIONS

DE

M. BOSSANGE PÈRE

A MM. LES MEMBRES DE LA CHAMBRE DES DÉPUTÉS,

RELATIVES

AU PRÊT SUR NANTISSEMENT FAIT A LA LIBRAIRIE
PAR LE GOUVERNEMENT.

———————

MESSIEURS,

Permettez-moi de vous présenter quelques rapi-
des observations sur une question qui vous sera
prochainement soumise, et dans laquelle une expé-
rience pratique de plus de trente ans me donne
peut-être le droit d'élever la voix. Il s'agit du prêt
sur nantissement fait à la librairie par le gouvernement.

Lorsqu'elle vint participer au partage des trente
millions offerts à la gêne du commerce, outre la
cause générale de perte qui attaqua alors toutes
les industries, elle portait en elle un principe particulier de ruine qui lui a été funeste en beaucoup
d'autres circonstances. La cause générale fut le re-
trait de tout crédit, conséquence inévitable de
tous les grands ébranlemens politiques ; le principe particulier fut un avoir exubérant, position
constante et presque inévitable de la librairie.

En effet lorsqu'elle crée un livre, elle doit, sous

peine de ne point couvrir des frais considérables,
le tirer à un certain nombre d'exemplaires. Ce
nombre d'exemplaires est destiné à la fois à la vente
intérieure et à l'exportation. S'il arrive que l'exportation manque, ainsi que cela est advenu presque constamment depuis 89, par les révolutions
qui ont parcouru presque toute la surface du
globe et interrompu successivement toutes nos
relations à peine entamées, il en résulte que la
librairie se trouve chargée de marchandises sans
valeur; car elles sont sans écoulement. Et c'est en
ceci qu'est tout le désavantage du commerce de la
librairie. Les productions des autres industries, si
elles subissent, comme la librairie, la cessation des
exportations, n'ont pas le sort des livres imprimés.
Elles restent aux magasins des fabricans, et le
temps leur ramène un écoulement, plus lent sans
doute, mais assuré. Les toiles qu'on ne peut ven-
dre à l'Espagne finissent par se consommer en
France, pour les livres il n'en est pas de même;
une fois la consommation d'un livre faite à l'inté-
rieur, elle ne se continue pas.

Aujourd'hui le crédit cherche à se rasseoir et
ravive déjà toutes les autres branches du commerce; mais il se tient à l'écart de la librairie.
qu'il comprend porter encore en elle un principe
de mort. Depuis 89, une périodicité de catastro-
phes qui se renouvellent tous les quinze ans n'a
pas cessé de l'affliger; celle qui la menaçait en
1812 n'a été prévenue que par le *système de li-
cences* alors introduit, système qui produisit à la

librairie une exportation de plus de 21 *millions de marchandises;* celle de 1830, tout effrayante qu'elle a été, peut se renouveler beaucoup plus promptement si le gouvernement et les chambres ne prennent des mesures promptes et efficaces pour y remédier. Voici comment :

Le ministre des finances possède en ce moment pour environ *trois millions sept cent mille francs de livres* (1) qui sont le gage d'un prêt de *douze cent quatre-vingt-quatre mille francs.* Le moment du remboursement est venu, l'intention et le devoir du ministre sont de le poursuivre activement. Veuillez examiner, Messieurs, quel en sera le résultat. On demandera aux libraires de retirer leurs gages et de rendre les sommes prêtées : aucun de ceux qui sont compris dans cette somme de *douze cent mille quatre-vingt-quatre francs* n'est en état de le faire. Le ministre devra donc procéder par d'autres voies à cette liquidation. Ces voies sont tout simplement les poursuites contre les libraires, et la vente publique des marchandises. De ces deux moyens résultera inévitablement la ruine particulière de chaque libraire emprunteur, et un embarras général pour toute la librairie. L'exposé des faits en fera jaillir les conséquences.

La librairie, comme nous l'avons dit, mourait de son trop plein lorsque le gouvernement l'a secourue. Ce secours a été efficace, mais beaucoup moins à cause des capitaux qu'il a apportés qu'à

---

(1) Cette masse représente environ cinq cent cinquante mille volumes de tous formats.

cause des livres qu'il a retirés de la circulation et du commerce comme s'il y avait eu consomma-tion réelle, emploi utile ; et il s'est trouvé que non-seulement on avait échangé des valeurs mortes contre des capitaux agissans, mais encore que les marchandises demeurées au magasin des libraires avaient acquis une certaine plus-value.

Supposons aujourd'hui que le ministre agisse dans la règle étroite de ses devoirs ; voici ce qui arrivera : il jettera soudainement sur la place une valeur de *trois millions sept cent mille francs de livres*, et immédiatement il rendra à la circulation cette exubérance de produits dont la librairie a plusieurs fois péri. Outre ce malheur, il adviendra que les livres ainsi offerts en masse à la consom-mation se réduiront à la seule valeur matérielle du papier ; et au lieu de représenter, comme ils de-vraient le faire, un capital de plus de douze cent quatre-vingt-quatre mille francs, montant du prêt, ils ne suffiront même plus à la libération des librai-res , car de cette vente imprudente le gouverne-ment ne retirerait pas plus de *deux cent mille francs*. Je ne crains pas d'émettre cette opinion avec assurance , tant j'ai vu de terribles exemples de cette effroyable dépréciation de la librairie !

Cette vente faite à vil prix, le résultat contigu et direct sera la suspension complète de toute au-tre vente en présence d'un public muni de livres pour un certain temps. La plupart des libraires emprunteurs ne résisteront pas à cette cessation d'affaires , et devront leur ruine à cette mesure.

Ceux qui y résisteront d'abord succomberont bientôt devant les poursuites du ministre; car la vente des livres ne suffisant pas au remboursement du *quart du prêt*, il faudra bien s'adresser aux libraires. Ajoutez alors à ces désastres les poursuites individuelles dirigées contre eux, et tous y périront.

Maintenant que l'on ne s'abuse pas sur le résultat, plus éloigné peut-être, mais non moins inévitable, de la mesure que je redoute : la catastrophe ne s'arrêtera pas à ceux qu'elle frappe directement et les premiers; car, si petites qu'elles soient, les affaires sont renouées, les intérêts sont échangés, dans ce commerce plus que dans tout autre ; ces intérêts sont en quelque sorte solidaires, et l'on ne renversera pas *quarante maisons de librairie de la capitale* sans ébranler les fondemens de beaucoup d'autres : il y en aura assurément d'entraînées qui en feront fléchir de nouvelles ; et si l'on considère combien de branches importantes de commerce se rattachent à la librairie, quelle influence elle exerce sur l'existence de l'imprimerie, de la papeterie et de leurs ramifications ; peut-on prévoir où s'arrêtera le désastre ?

Il existe un moyen de le prévenir : que le ministère des finances transporte ces marchandises *au ministère du commerce et des beaux-arts et à celui de l'instruction publique ;* que là elles déviennent une source de libéralité en faveur des bibliothèques publiques de département, qui, presque toutes, manquent des ouvrages des grands auteurs contemporains. Ainsi les *OEuvres de M. de Châteaubriand*, ainsi les cours de MM. *Guizot, Villemain, Cousin, Geoffreoy-St-Hilaire, le Répertoire de Jurisprudence et la question de Droit du célèbre Merlin, en 26 vol. in-4°*, ainsi tant d'autres ouvrages qui ont excité une si ardente curiosité à Paris, ne resteront pas ignorés de la jeunesse studieuse des départemens. Les meilleurs livres de la science, inconnus à la plupart de nos provinces, y maintiendront les connaissances au niveau de la marche rapide de la capitale.

Un emploi non moins digne, mais qui se rattache à une pensée plus profonde d'amélioration sociale, reste encore à faire de cette vaste collection de livres. Les prisons en France sont une école de crime; et dans l'oisiveté qui y règne, cela se conçoit aisément. L'esprit, comme partout, y a besoin d'une occupation : par cette occupation, le coupable qui n'est pas encore vicié par l'air de sa nouvelle demeure pourrait se tourner vers le bien ; mais rien ne l'y appelle, tandis que tout le sollicite au mal : il y succombe. Parmi les améliorations que réclame le régime de nos prisons, l'établissement d'une petite bibliothèque sagement choisie serait à coup sûr un grand bienfait pour les prisonniers. Qu'on ne dise pas que je veux faire de ces hommes des gens studieux, des savans, des académiciens, et qu'on ne tue pas une bonne œuvre sous une mauvaise plaisanterie : ce que je veux, ce que j'espère, c'est de les arracher à eux-mêmes et à leurs mutuelles influences; elles

sont à la fois si ignorantes et si corruptrices, que
je ne crains pas de dire que la lecture du livre le
plus insignifiant vaudra mieux pour eux que
leurs meilleures conversations. Repoussera-t-on
ma proposition en niant, sans l'éprouver, l'effica-
cité du moyen? Je ne le crains pas ; le système de
négation, vieille arme de la routine contre tout
ce qui est progrès, tombera sans aucun doute
devant des esprits aussi éclairés que ceux de
MM. les Députés.

En résultat,

De l'adoption de ma proposition : bienfait pour
la librairie, qui se trouvera libérée de ses engage-
mens par l'abandon de ses marchandises ; bienfait
pour les bibliothèques publiques qui seront enri-
chies de nouvelles et savantes productions; bienfait pour les prisonniers, qui abandonneront des
habitudes vicieuses pour une utile instruction.

De son rejet : ruine certaine et immédiate des
emprunteurs, qui ne pourront rembourser : ruine
probable, quoique plus éloignée, d'autres libraires
ne possédant plus que des marchandises avilies ;
ruine possible, et malheureusement trop à crain-
dre, de plusieurs des ramifications du commerce
de la librairie : perte enfin pour le gouvernement
de *plus d'un million*.

Que la Chambre choisisse.

En présentant ces observations, nul intérêt
personnel ne me guide. Je n'ai point pris part à
l'emprunt dont je parle ; mais j'ai pensé que cette
question pouvait demeurer obscure, et que sa spé-

cialité la laisserait peut-être étrangère aux connaissances de quelques uns de MM. les Députés;
j'ai donc cru devoir l'éclairer rapidement de ces
courtes observations, et je m'estimerai heureux si
j'ai pu contribuer de mon faible effort à sauver
un nouvel échec à l'industrie à laquelle je me suis
entièrement voué.

Nota. Pour donner plus de poids aux observations qui
précèdent, je joins à la suite de cet exposé, *la statistique
des bibliothèques publiques des départemens et des villes,
au-dessus de trois mille âmes, qui en manquent;* je n'ai point
fait entrer dans ce travail la Bibliothèque des séminaires,
des collèges, de marine, d'artillerie, de médecine, etc., etc.,
parceque ces Bibliothèques ne sont pas publiques et ne
profitent qu'aux établissemens auxquels elles appartiennent.
Je sais aussi que M. le Ministre de l'Instruction publique,
s'occupe de la régularisation de ces Bibliothèques, et j'ai
pensé ne devoir pas m'en occuper.

Paris, imprimerie de P. Dupont et Laguionie, Hôtel-des-Fermes.

STATISTIQUE

DES BIBLIOTHÈQUES DES DÉPARTEMENS ET DES VILLES AU-DESSUS DE 3,000 AMES QUI EN MANQUENT.

DÉSIGNATION DES DÉPARTEMENS et des villes.	POPULAT.	BIBLIOTHÈQUES.
AIN.		
Bourg................	8.996	Bibliothèque de 17.000 volumes.
Belley...............	4.386	Id. de 5.000 volumes.
Nantua.... ....,	3.701	Id. de 3.000 volumes.
Pont-de-Vaux..........	3.189	Id. de 2.000 volumes.
Trevoux...............	2.556	Id. peu nombreuse
AISNE.		
Laon........	8.400	Bibliothèque de 13.000 volumes.
Saint-Quentin..........	17.686	Id. de 12.000 volumes.
Soissons...	8.149	Id. de 18.700 volumes.
Château-Thierry........	4.697	Id. peu nombreuse.
Guise.	3.072	
Chauny...............	4.290	
Presnoy-le-Grand.......	3.379	
Bohain..........e......	3.024	
Michel-en-Thierrache (St).	3.162	
Nouvion (les)...........	3.106	
ALLIER.		
Moulins	14.590	Bibliothèque de 18.500 volumes.
Arfeuille..............	3.370	
Ganat...............	5.246	
Montluçon............	4.991	
Saint-Pourçain..........	4.376	
Cusset...............	4.910	
ALPES (BASSES-).		
Digne.....	3.932	Bibliothèque de 3.000 volumes.
Fortcalquiers.	3.036	
Manosque.............	5.843	
Sisteron	4.429	
Riez..............	3.115	
Valensolle............	3.521	
ALPES (HAUTES-).		
Gap................	7.215	Bibliothèque peu nombreuse.
Embrun	3.062	
ARDÈCHE.		
Annonay.............	8.277	Bibliothèque de 2.000 volumes.
Aubenas.............	4.759	
Privas...............	4.342	
Bourg-Saint-Andeolot.....	4.268	

DÉSIGNATION DES DÉPARTEMENS et des villes.	POPULAT.	BIBLIOTHÈQUES.
Tournon...............	3.971	Bibliothèque peu nombreuse.
Vernoux...............	3.006	
Burzet................	3.516	
Gluiras...............	3.111	
Desaignes.............	3.598	
ARDENNES.		
Charleville...........	7.773	Bibliothèque de 22.000 volumes.
Sedan.................	10.500	Peu nombreuse.
Givet.................	4.220	Bibliothèque de 5.000 volumes.
Mezières..............	3.759	
Rethel................	6.585	
Rocroy................	3.623	
ARRIÈGE.		
Foix..................	4 857	
Pamiers...............	6.048	Bibliothèque peu nombreuse.
Saurat................	5.114	
Saint-Girons..........	4.381	Id.
Massat................	9.322	
Mirepoix..............	3.635	
Saverdun..............	3.327	
Erce..................	3.256	
Mazères...............	3.170	
Seix..................	3.822	
AUBE.		
Troyes................	23.749	Bibliothèque de 50.0000 volumes.
Bar-snr-Aube..........	3.890	
Riceys (les)..........	3.564	
Nogent-snr-Seine......	3.277	
Romilly-sur-Seine.....	3.117	
AUDE.		
Carcassonne...........	17.394	Bibliothèque de 20.000 volumes.
Castelnaudary.........	9.883	
Chalabre..............	3.435	
Limoux................	6.518	
Narbonne..............	10.246	
Sigen.................	3.296	
Montréal..............	3.383	
AVEYRON.		
Rodez.................	8.240	Bibliothèque de 16.000 volumes.
Castelnau.............	3 500	

DÉSIGNATION DES DÉPARTEMENS et des viles.	P OPLAT.	BIBLIOTHÈQUES.
Milhau	9.806	
Nant	3.203	
Saint-Afrique	6.336	
Aubin	3.392	
Villefranche	9.540	
Requista	3.547	
Villeneuve	2.371	
St-Chely-d'Aubrac	3.289	
Espalion	3.545	
Geniez-de-Rivedolt	3.831	
Pomayrols	3.586	
Broquier	3.676	
Rome-de-Tarn	3.154	
BOUCHES-DU-RHONE.		
Marseille	116.1	Bibliothèque de 35.000 volumes.
Tretz	3.014	
Aix	22.545	Id. de 75.000 volumes.
Arles	20.236	Id. de 3.600 volumes.
Gardanne	3.234	
Tarascon	10.957	Id. de 2.000 volumes.
Istres	3.273	
Lambesc	3.898	
Martigues	7.379	
Salon	5.987	
Auriol	5.320	
Roquevaire	3.218	
Saint-Remy	5.464	
Château-Renard	4.152	
Aubagne	6.349	
La Ciota		
CALVADOS.		
Caen	39.240	Bibliothèque de 40.680 volumes.
Bayeux	13.033	
Falaise	95.581	Bibliothèque peu nombreuse.
Lisieux	10.257	
Condé-sur-Moiran	5.562	
Honflenr	8.888	
Orbec (ville)	3.209	
Tallevende-Legrand	3.294	
Vassy	3.245	
Vire (ville)	8.043	
CANTAL.		
Saint-Flour	6.464	Bibliothèque de 1.740 volumes.
Aurillac	9.766	
Mauriac	3.530	
Saint-Cernin	3.180	
Pleaux	3.123	
Coudat-en-Feniers	3.270	

DÉSIGNATION DES DÉPARTEMENS et des villes.	POPULAT.	BIBLIOTHÈQUES.
CHARENTE.		
Angoulème............	15.186	Bibliothèque de 16.000 volumes.
Conflans..............	2.687	Bibliothèque peu nombreuse.
Cognac..............	3.409	Bibliothèque peu nombreuse.
Larochefoucauld.........	2.706	
Champniers...........	4.554	
Montbron............	3.172	
Ruffec...............	3.004	
CHARENTE-INFÉR.		
La Rochelle...........	14.630	Bibliothèque de 16.300 volumes.
Rochefort............	14.045	Id. de 1.400 volumes.
Marennes............	4.602	
Saint-Jean-d'Angély......	6.031	
Saintes..............	10.457	Bibliothèque de 25.000 volumes.
Saint-Savinien.........	3.559	
Saint-Pierre-d'Oleron.....	4.630	
Saint-Georges..........	4.500	
Tonnay-Charente........	3.206	
Pons................	3.726	
Ars................	3.875	
Marans..............	4.041	
CHER.		
Bourges..............	19.730	Bibliothèque de 13.000 volumes.
Saint-Amand...........	6.936	
Sancerre.............	3.032	
Mehun-sur-Yèvre.......	3.310	
Vierzon (village)........	3.261	
Vierzon (ville)..........	4.706	
Dun-le-Roi...........	3.874	
CORRÈZE.		
Tulle...............	8.689	Bibliothèque de 2.000 volumes.
Brives..............	8.031	Id. de 1.300 volumes.
Ussel...............	3.963	
Allassac.............	4.049	
Donzenac............	3.219	
Lubersac............	3.502	
Argentac............	3.121	
Chamboulive..........	3.036	
Uzerche.............	3.214	
Meymac.............	3.130	
CORSE.		
Ajaccio..............	8.920	Bibliothèque de 12.800 volumes.

DÉSIGNATION DES DÉPARTEMENS et des villes.	POPULAT.	BIBLIOTHÈQUES.
Bastia.................	9.534	Bibliothèque de 3.300 volumes.
Corte.................	3.282	
COTE-D'OR.		
Dijon.................	25.532	Bibliothèque de 40.000 volumes.
Auxonne..............	5.287	Id. de 3.200 volumes.
Châtillon-sur-Seine.....	4.175	Id. de 2.000 volumes.
Semur................	4.088	Id. de 3.350 volumes.
Beaune...............	9.908	Bibliothèque peu nombreuse. · · ·
Saulieu...............	3.050	
Nuits................	9.120	
Seurre..........	3.591	
COTES-DU-NORD.		
Saint-Brieuc.	10.421	Bibliothèque de 23.000 volumes.
Lamballe..............	4.490	Id. de ···700 volumes.
Lannion..............	5.371	
Dinan................	8.044	
Guingamp.............	6.100	
Loudeac..............	6.736	
Plédran..............	3.578	
Pordic...............	4.430	
Plelo................	5.015	
Etables...............	3.004	
Ploubazlanec........ ...	3.074	
Plouezec..............	4.138	
Plaintel..............	4.185	
Ploeuc..	5.433	
Plouha....	5.041	
Saint-Brandan.	3.342	
Quintin..............	4.203	
Pleudihen.............	4.869	
Plouer...............	3.801	
Evran........	4.056	
Plouasne..............	3.033	
Plénéjugon............	4.537	
Corseul..............	4.180	
Begard..,...........	3.768	
Louargat.............	5.004	
Plougonver............	3.326	
Bourbriac.............	3.613	
Glomel............	3.971	
Plouguernevel..........	3.043	
Ploubezre.............	3.587	
Pleubian.............	4.323	
Plestin	5.100	
Plouaret..............	4.915	
Tréguier..............	3.178	
Plemet..............	3.013	

DÉSIGNATION DES DÉPARTEMENS et des villes.	POPULAT.	BIBLIOTHÈQUES.
Plumieux	3.584	
Laniscat	3.080	
Lamotte...............	3.198	
Grevé...............	3.041	
Plemy...............	3.680	
Plessala...............	3.300	
Plouguenast........... ..	4.048	
Plerin	4.896	
Lamballe............. ...	4.319	
Ploézal	3.153	
Lannion	5.371	
Ploumiliau...............	3.100	
CREUSE.		
Guéret	3.931	Bibliothèque de 1.500 volumes.
Aubusson...............	4.847	
Felletin...............	3.228	
DORDOGNE.		
Jamilhac................	3.138	Bibliothèque de 11.000 volumes. *undes des curieuses de france*
Périgueux...............	8.956	
Bergerac...............	8.557	
Nontron...............	3.246	
Riberac...............	3.951	
Sarlat................	6.056	
Montignac	3.922	
DOUBS.		
Besançon...............	29.167	Bibliothèque de 56.000 volumes.
Beaume...............	2.500	Id. de 1.100 volumes.
Montbéliard.............	4.767	Bibliothèque peu nombreuse.
Ornans...............	3.800	Id. de 1.500 volumes.
Pontarlier...............	4.707	
DROME.		
Valence	10.406	Bibliothèque de 15.000 volumes.
Montélimar	7.560	Id. de 3.000 volumes.
Crest...................	4.911	
Die	3.555	
Romans...............	9.285	
Dieulefit...............	3.952	
Pierrelatte...............	3.347	
Bourg-du-Péage...........	3.577	
Chabeuil......	4.452	
Moras...............	4.053	
Livron...............	3.275	
Loriol...............	3.048	
Nyons...............	3.397	

DÉSIGNATION DES DÉPARTEMENS et des villes.	POPULAT.	BIBLIOTHÈQUES.
EURE.		
Évreux.....................	9.963	Bibliothèque de 6.500 volumes.
Andelys...................	5.168	
Bernay	6.605	
Louviers..................	9.885	
Pont-Audemer..........	5.305	
Gisors....................	3.533	
Verneuil.................	4.178	
Vernon...................	4.888	
EURE-ET-LOIRE.		
Chartres..................	14.449	Bibliothèque de 29.000 volumes.
Châteaudun	6.461	Id. de 5.000 volumes.
Dreux....................	6.249	
Nogent-le-Rotrou.......	6.825	Bibliothèque de 700 volumes.
Arrou....................	3.084	
FINISTÈRE.		
Quimper.................	9.860	Bibliothèque de 7.000 volumes.
Brest.....................	298.860	Id. peu nombreuse.
Chateaulin...............	3.500	
Morlaix..................	9.596	
Quimperlé...............	5.275	
Landernau................	4.933	
Lambezellec.............	7.739	
Guipavas................	5.332	
Lannilis..................	3.179	
Plonguernau.............	5.546	
Kerlouan.................	3.204	
Ploudaniel	3.233	
Plouider.................	3.017	
Plabennec................	3.831	
Ploudalmezeau..........	3.024	
Plougastel-Daoulas......	5.515	
Poullaouen...............	3.544	
Plounevez-du-Faon......	3.532	
Crozon	8.034	
Pleyben	4.508	
Plougasnou...............	3.827	
Plourin..................	3.020	
Plouascat................	3.017	
Plounevez-Lechrist.......	4.347	
Cleder...................	4.515	
Plouvorn.................	3.182	
St-Pol-de-Léou..........	6.692	
Roscoff..	3.332	
Plougouven	4.193	
Plouignau................	4.576	

DÉSIGNATION DES DÉPARTEMENS et des villes.	POPULAT.	BIBLIOTHÈQUES.
Sizun....................	3.638	
Guiclan.	3.448	
Pleiberchrist	3.062	
Ploneourmenez	4.127	
St-Thegonnec...........	3.648	
Briec	4.481	
Tregunc	3.029	
Fouesnant..............	3.120	
Bannalec..	4.185	
Moelan.................	3.839	
Scaer........	3.676	
GARD.		
Nimes..............	41.246	Bibliothèque de 12.000 volumes.
Alais.............,......	11.077	Id. de 4.000 volumes.
Villeneuve-les-Avignon...	3.564	Id. de 7.500 volumes.
Beaucaire...............	9.967	
Le Vigan...............	4.909	
Uzès.............·.......	6.162	
Anduze.................	5.554	
St-Jean-du-Gard.........	4.128	
St-Gilles-les-Boucheries...	5.561	
Sommières.............	3.632	
Vauvert................	4.055	
Bagnols	4.902	
Pont-St-Esprit	4.853	
Roquemaure............	4.138	
St-Hypolite.............	5.214	
Sauve	3.021	
Sumène.	3.017	
Valleraugue.............	3.895	
GARONNE (HAUTE-).		
Toulouse...............	59.630	Bibliothèque de 32.000 volumes.
Muret........	3.787	
Saint-Gaudens . ...i.	6.179	
Anterive................	3.172	
Cintegabelle.............	3.738	
Montesquieu-Volvestre ...	3.717	
Grenade-sur-Garonne.....	4.240	
Villemur-sur-Tarn.......	6.063	
Revel ...., ..	5.456	
Aspet	5.575	
GERS.		
Auch...................	9.801	Bibliothèque de 7.900 volumes.
Condom.................	7.144	
Lectoure	6.495	

DÉSIGNATION DES DÉPARTEMENS et des villes.	POPULAT.	BIBLIOTHÈQUES.
Vicfezensac.	3.679	
Eauze.	3.202	
Fleurance	3.410	
Ile-en-Jourdain (l').	4.307	
Mérande.	2.800	Bibliothèque peu nombreuse.
GIRONDE.		
Bordeaux.	99.662	Bibliothèque de 115.000 volumes.
Libourne	9.838	Id. de 4.000 volumes.
Blaye.	3.855	
Bazas.	4.255	
La Réole.	3.787	..
Langon.	3.566	..
Pouillac	3.352	..
Coutras	3.143	
Sales.	3.618	
Saint-Emillion.	3.068	
Merignac	3.897	
HÉRAULT.		
Montpellier.	35.825	Bibliothèque de 6.500 volumes.
Béziers.	16.769	
Cette.	10.638	
Lodève.	9.919	
Agde.	8.202	
Marseillan.	3.687	
Bedarieux.	5.998	
Florensac.	3.512	
Pezenas.	7.847	
Montagnac.	3.447	
Clermont.	6.199	
Ganges	4.193	
Lunel	6.260	
Masillargues.	3.292	
Meze.	4.400	
St-Chinian.	3.270	
St-Pons.	6.267	
La Salvetat.	3.986	
ILLE-ET-VILAINE.		
Rennes.	39.680	Bibliothèque de 16,000 volumes.
Fougères.	7.677	
Redon.	4.504	
Saint-Malo.	9.981	
Vitré.	8.856	
Bazouges-la-Perouze.	4.500	

DÉSIGNATION DES DÉPARTEMENS et des villes.	POPULAT.	BIBLIOTHÈQUES.
Louvigné-du-Désert	3.349	
Cancale	4.880	
St-Meloir	3.056	
Combourg	4.774	
Dol	3.932	
Pleine-Fougères	3.084	
Pleurtruit	8.352	
St-Servan	9.975	
Iffendic	4.292	
Paimpont	3.791	
Plélan	3.305	
Bain	3.490	
Ercé-en-Lamée	3.188	
Fougeray	5.501	
Guychen,	3.495	
Maure	4.282	
Guipry	3.212	
Bains	3.915	
Noyal-sur-Vilaine	3.432	
Janzé	4.051	
Piré	3.564	
Bais	3.867	
La-Guerche	4.219	
Miniac-Morvan	3.041	
Martigné	3.696	

INDRE.

Chateauroux	11.587	Bibliothèque peu nombreuse. *5 mil volum*
Issoudun	11.664	
La Chatre	4.343	Très peu de livres.
Le Blanc	4.804	
Argenton	3.964	
Buzançais	4.416	
Châtillon-sur-Indre	3.339	
Levroux	3.058	
Valançay	3.095	

INDRE-ET-LOIRE.

Tours	35.835	Bibliothèque de 32.000 volumes.
Chinon	6.859	
Loche	4.774	
Bourgueil	3.556	
La Chapelle-sur Loire	5.653	
Chouzé-sur-Loire	3.890	
Amboise	4.613	

ISÈRE.

Grenoble	24.888	Bibliothèque de 45.000 volumes.

DÉSIGNATION DES DÉPARTEMENS et des villes.	POPULAT.	BIBLIOTHÈQUES.
Vienne................	14 079	Bibliothèque de 13,000 volumes.
Tullins.................	3.807	
Vinay et la Legrerie.....	3.490	
Jallieu............	3.026	
Saint-Chef.............	3.397	
Saint-Geoire............	4.635	
Les Avenières.....	3.428	
Côte-Saint-André (la)....	4.568	
Chatonnay.......	3.011	
St-Jean-de-Bournay.....	3.392	
Bourg-Doisans	3.052	
Voiron................	6.924	
Voreppe...............	3.280	
Saint-Lorent-Dupont.....	3.156	
Bourgoin..............	3.762	
JURA.		
Lons-le-Saulnier........	7.918	Bibliothèque de 2,250 volumes.
Dôle............... ...	9.927	Id. de 6,000 volumes.
Salins................	6.554	Id. de 4.500 volumes.
Poligny...............	6.005	
Saint-Claude..........	5.222	
Arbois............	6.741	
LANDES.		
Mont-de-Marsan	3.774	Bibliothèque de 1,200 volumes.
Dax...........	4.716	
Saint-Sever	5.494	
Saiut-Esprit...........	5.893	
Pouillon	3.136	
Aire.............	3.937	
Pagetmau..............	3.053	
LOIR-ET-CHER.		
Blois.................	13.130	Bibliothèque de 18.000 volumes.
Vendôme..............	7.770	Id. de 4,000 volumes.
Romorantin............	6.985	
Mer..................	3.733	
Montoire..............	3.072	
Selles-sur-Cher.........	4.121	
LOIRE.		
Montbrison............	5.265	Bibliothèque peu nombreuse.
Roanne...............	9.260	Id.
Saint-Etienne	33.064	Id.
Usson................	3.800	
Panissières	3.548	

DÉSIGNATION DES DÉPARTEMENS et des villes.	POPULAT.	BIBLIOTHÈQUES.
Chazelles-sur-Lyon........	3.079	
Saint-Rambert...........	3.015	
Belmont...............	3.184	
Charlieu..............	3.424	
St-Symporien-de-Lay....	4.500	
Firminy...............	3.779	
St-Chamond...........	7.473	
St-Julien-en-Jaret......	3.231	
St-Jean-Bonnefond......	4.020	
Outre-Furens..........	3.118	
Montaud..............	3.750	
Valbenoite.....	4.433	
St-Genet-Malifaux.......	3.274	
Lafouillouse...........	3.471	
Pelussin..............	3.240	
St-Paul-en-Jarret.......	3.464	
Rive-de-Gier..........	9.706	
LOIRE (HAUTE).		
Le Puy...............	14.930	Bibliothèque de 5,500 volumes.
Brioude..............	5.199	Id. peu nombreuse.
Monistrol-sur-Loire.....	4.145	
Yssengeaux...........	7.166	
Langeac..............	3.109	
Craponne............n	3.828	
Le-Monastier..........	3.420	
St-Paulien............	3.017	
Bas.................	5.524	
St-Didier-la-Sauve.......	3.795	
Tecie................	5.730	
Retournac............	3.887	
Sangues.............	3.833	
LOIRE-INFÉRIEURE.		
Nantes...............	77.994	Bibliothèque de 24,000 volumes.
Ancenis..............	3.749	
Châteaubriant.........	3.709	
Paimbœuf............	3.648	
Varades.............	3.506	
Nort................	4.751	
Viellevigne...........	5.451	
Bouguenais...........	3.287	
Rezé................	4.968	
Légé................	3.313	
Chapelle-Basse-Mer.....	4.244	
St-Julien-Concelles.....	3.467	
Loroux-Bottereau.......	4.491	
Machecoul............	3.665	
Saint-Philbert........	3.200	

DÉSIGNATION DES DÉPARTEMENS et des villes.	POPULAT.	BIBLIOTHÈQUES.
Vallet..................	5.96~	
Vertou.................	5.686	
Blain...................	4.899	
Fay....................	3.483	
Batz...................	3.643	
Couéron................	4.053	
St-Etienne-de-Montluc...	3.348	
Guéméné................	8.798	
Guérande...............	3.190	
Herbignac..............	3.179	
Montoire...............	3.985	
St-Nazaire.............	3.789	
Plessé.................	4.652	
St-Joachim.............	3.061	
Pont Château..........	3.300	
Cambon................	4.930	
Héric..................	3.349	
LOIRET.		
Orléans................	40.161	Bibliothèque de 27,000 volumes.
Gien...................	5.177	
Montargis..............	6.781	
Pithiviers.......	3.957	
Beaugency..	4.883	
Châteauneuf-sur-Loire....	3.160	
Meung..................	4.630	
Olivet.................	3.252	
LOT.		
Cahors.................	12.050	Bibliothèque de 12,000 volumes.
Figeac.................	6.390	
Gourdon................	5.153	
Castelnau..............	4.053	
Duravel................	3.127	
Saint-Céré	3.987	
Gramat.................	3.428	
Souillac................	3.096	
LOT-ET-GARONNE.		
Agen.....	12.631	Bibliothèque 12,000 volumes.
Marmande..............	7.345	Id. peu nombreuse.
Nérac..................	6.327	
Aiguillon...............	4.080	
Port-Ste Marie	3.079	
Clairac	4.949	
Tonneins...............	6.494	
Mezin..................	3.446	
Ste-Livrade............	3.143	

DÉSIGNATION DES DÉPARTEMENS et des villes.	POPULAT.	BIBLIOTHÈQUES.
Monflanquin.............	5.201	
Penne..................	6.005	
Tournon...............	7.901	
Villeneuve–St–Lot........	10.652	
LOZÈRE.		
Mende...............	5.822	Bibliothèque de 6,600 volumes.
Marvéjols..............	3.885	
MAINE-ET-LOIRE.		
Angers................	32.723	Bibliothèque de 28,000 volumes.
Saumur...............	8.275	Id. peu nombreuse.
Baugé................	3.553	
Chalonnes.............	4.969	
Ponts-de-Cé (les)........	3.665	
Beaufort..............	5.914	
Mazé.................	3.897	
Durtal................	3.465	
Longué...............	4.491	
Beaupréau	3.207	
Jallais................	3.163	
May (le)..............	3.315	
Chemillé..............	3.694	
Cholet................	7.345	
La Pommèraie..........	3.110	
MANCHE		
Saint-Lô..............	8.421	Bibliot. peu nombreuse.
Avranches.............	7.269	Id.
Coutances.............	8.957	Id.
Valogne..............	6.940	Id.
Cherbourg	18.443	Id.
Granville.............	7.350	
St-James..............	3.105	
Villedieu.............	3.095	
Hambye...............	3.684	
Percy	3.182	
Barenton.............	3.106	
Sourdeval.............	4.280	
Briquebec.............	4.255	
St-Vast-de-la-Hogue.....	3.502	
Tourlaville...........	3.624	
Brix.................	3.081	
MARNE.		
Châlons-sur-Marne	1.250	Bibliothèque peu nombreuse.
Reims................	35.971	Id. de 25,000 volumes.

DÉSIGNATION DES DÉPARTÉMÉNS et dos villes.	POPULAT.	BIBLIOTHÈQUES.
Epernay................ ..	5.318	Bibliothèque peu nombreuse.
Sainte-Menehould........	3.906	
Vitry-le-Français	6.976	
Sézanne................	4.106	
MARNE (Haute).		
Chaumont..............	6.318	Bibliothèque de 25,000 volumes.
Langres...............	7 460	Id. de 3,000 volumes.
Saint-Dizier............	6.197	
Joinville...............	3.035	
Bourbonne.............	3.272	
MAYENNE.		
Laval.................	16.411	Bibliothèque peu nombreuse.
Châteaugontier	6.143	
Mayenne..............	9.797	
Evron................	3.750	
St-Denis-de-Gastines.....	3.516	
Ernée................	5.467	
Oiseaux-le-Grand.......	3.734	
La Paaté..............	3.291	
Pré-en-Paille...........	3.344	
Cossé-le-Vivien.........	3.728	
Craon	3.610	
MEURTHE.		
Nancy................	29.783	Bibliothèque 25,000 volumes.
Toul.................	7.314	
Lunéville..............	12.341	
Dieuze...............	3.892	
Vic..................	3.186	
Phalsbourg............	3.529	
St-Nicolas-du-Port..... ..	3.043	
Pont-à-Mousson........	7.218	
Gerbeviller............	3.044	
MEUSE.		
Bar-le-Duc..	12.496	Bibliothèque peu nombreuse.
Verdun	9.978	Idem de 14,000 volumes.
Saint-Mihiel...........	5.822	Idem peu nombreuse.
Commercy............	3.622	
Ligny................	3.212	
Stenay	3.140	
Etain................	3.034	

DÉSIGNATION DES DÉPARTEMENS et des villes.	POPULAT.	BIBLIOTHÈQUES.
MORBIHAN.		
Vannes................	10.395	Bibliothèque peu nombreuse.
Lorient................	18.322	
Pontivy...............	5.956	
Ploërmel..............	4.851	
Auray................	3.734	
Palais................	3.584	
Hennebont.............	4.477	
Languidic.............	6.064	
Plœmeur..............	6.029	
Bubry................	3.611	
Plouay...............	3.816	
Pluvigner.............	4.534	
Caudan...............	3.475	
Guidel...............	4.015	
Riantec...............	3.675	
Carnac...............	3.054	
Guer.................	3.488	
Lanoué...............	3.052	
Mauron...............	4.229	
Menéac...............	3.487	
Mohon................	3.293	
Carentoir.............	5.341	
Elven................	3.815	
Grand-Champ..........	4.550	
Questembert..........	3.561	
Sarzeau..............	6.126	
Baud.................	5.120	
Plumelian.............	3.737	
Cléguerec.............	3.700	
Gourin...............	3.626	
Langonnet............	3.715	
Ploerdut.............	4.152	
Guerne...............	3.386	
Noyal-Pontivy.........	8.158	
MOSELLE.		
Metz.................	44.416	Bibliothèque de 32,500 volumes.
Sarguemines...........	4.189	
Thionville............	5.645	
Saint-Avold...........	3.451	
Bitche...............	3.132	
Forbach..............	4.281	
Sarralbe.............	3.544	
NIÈVRE.		
Nevers...............	15.085	Bibliothèque de 8,500 volumes.
Cosne................	5.987	

DÉSIGNATION DES DÉPARTEMENS et des villes.	POPULAT.	BIBLIOTHÈQUES.
Clamecy................	5.539	
Decize.................	3.068	
La Charité.............	5.086	
Donzy.................	3.566	
Pouilly-sur-Loire........	3.071	
NORD.		
Lille.................	69.073	Bibliothèque de 21.000 volumes.
Cambray..............	17.646	Id. de 30.000 volumes.
Douai...............	18.793	Id. de 28.000 volumes.
Dunkerque............	24.937	Id. de 5.000 volumes.
Hazebrouck...........	7.522	Id. de 3.500 volumes.
Valencienne...........	18.953	Id. de 9.000 volumes.
Bergues..............	5.062	
Avesne...............	3.166	
Landrecies............	3.726	
Maubeuge.............	6.240	
Iwuy................	3.458	
Le Cateau............	5.956	
Caudry..............	3.343	
Catillon-sur-Sambre......	3.151	
Solesmes.............	4.995	
Flines-les-Baches........	3.241	
Orchies..............	3.425	
Gravelines............	4.193	
Hondschoolt..........	3.833	
Wormhoudt...........	4.020	
Armentières...........	6.338	
Wambrechies..........	3.322	
Wazemnes............	8.621	
Comines..............	5.316	
Quesnoy-sur-Deule.......	4.200	
Roubaix..............	18.187	
Wattrelos............	6.791	
Annœullin............	3.053	
Halluin..............	3.750	
Lincelles............	3.547	
Tourcoing............	17.973	
Saint-Amand..........	8.734	
Condi-sur-l'Escaut.......	6.350	
Fresnes-sur-l'Escaut.....	3.868	
Vieux-Condé..........	3.976	
Bailleul..............	9.823	
Nieppes..............	3.222	
Steenwerck...........	4.747	
Vieux-Berquin.........	3.517	
Cassel...............	4.234	
Morbeque............	3.979	
Estaires.............	6.504	
Lagorgue............	3.225	
Merville.............	5.864	

DÉSIGNATION DES DÉPARTEMENS et des villes.	POPULAT.	BIBLIOTHÈQUES.
Steenvorde............	4.022	
Marcq-en--Bareul........	3.132	
Auzin................	4.255	
OISE.		
Beauvais.............	12.867	Bibliothèque de 7.000 volumes.
Compiègne............	8.879	
Senlis...............	5.066	
Noyon...............	5.946	
ORNE.		
Alençon..............	14.019	Bibliothèque de 7.000 volumes.
Argentan	6.147	
Mortagne-sur-Ruine.....	5.158	
Sées................	5.049	
Vimoutier...........	3.990	
Athis...............	4.300	
Ceaucé	3.156	
Champsecret..........	4.240	
Lonlai-l'Abbaye........	3.571	
La Ferté-Macé........	4.613	
St-Frimbault-sur-Pisse ...	3.225	
Tinchebray...........	3.413	
Belléme.............	3.413	
St-Martin-du-v.-Belléme...	3.009	
Laigle..............	5.412	
Ceton..............	3.775	
Flers...............	4.386	
PAS-DE-CALAIS.		
Arras...............	23.419	Bibliothèque de 35.000 volumes.
Boulogne.............	20.856	Id. de 21.000 volumes.
Calais..............	10.43-	Id. peu nombreuse.
Montreuil-sur-Mer.......	4.083	Id. peu nombreuse.
Saint-Omer..........	19.314	Id. de 17.000 volumes.
Aire-sur-la-Lys.........	8.725	
Béthune	6.889	Bibliothèque peu nombreuse.
Bapaume.............	3.195	
Carvin..............	4.995	
Henin-Liétard..........	3.006	
Fleurbaix............	3.172	
Laventies............	4.373	
Lestrem.............	3.471	
Lillers.............	4.621	
Marck..............	3.044	
St Pierre-les-Calais......	6.802	
Guines..............	3.859	
Outreau.............	3.600	

DÉSIGNATION DES DÉPARTEMENS et des villes.	POPULAT.	BIBLIOTHÈQUES.
Fruges.................	3.038	
Hesdin.................	3.425	
St-Pol-sur-Ternoise......	3.504	
PUY-DE-DOME.		
Clermont..............	28.257	Bibliothèque de 12.000 volumes.
Ambert................	7.750	
Issoire................	5.990	
Riom..................	12.379	
Thiers................	9.836	
Job...................	3.253	
Marsac...............	3.206	
Saint-Anthême.........	3.286	
Arlanc................	3.567	
Cunlhat...............	3.470	
Billom................	4.746	
Aubière...............	3.513	
Pont-du-Château........	3.429	
Martres-de-Veyre.......	3.026	
Vic-le-Comte...........	3.153	
Aigueperse............	3.217	
Bromont-la-Mothe.......	3.091	
Volvic................	3.032	
Augerolles............	3.522	
Courpière.............	3.408	
Vollore-Ville..........	3.881	
Lezoux................	3.437	
Maringues.............	4.181	
Celles................	4.442	
Saint-Remy............	3.915	
Veyre.................	3.362	
PYRÉNÉES (BASSES-).		
Pau..................	11.285	Bibliothèque de 15.000 volumes.
Bayonne..............	14.778	
Oloron...............	6.458	
Orthez...............	7.121	
St-Etienne-de-Baigorry....	3.463	
Ste-Marie-d'Oloron......	3.371	
Moncin...............	5.028	
Salies................	8.420	
Nay..................	3.290	
Gan..................	3.027	
Pontac...............	3.109	
Hasparren.............	5.355	
Urrugne..............	3.067	

DÉSIGNATION DES DÉPARTEMENS et des villes.	POPULAT.	BIBLIOTHÈQUES.
PYRÉNÉES (HAUTE-).		
Tarbes	9.706	Bibliothèque peu nombreuse.
Bagnères................	5.586	
Lourdes................	3.817	
Campan	4.171	
Bise-Nistos.............	3.191	
Ossun................	3.243	
Vic-en-Bigorre..........	3.679	
PYRÉNÉES-ORIENT.		
Perpignan.............	17.124	Bibliothèque de 15.000 volumes.
St-Laurent de la Salanque.	3.207	
Rivesaltes.............	3.208	
Ille..................	3.102	
Collioure.............	3.272	
Ceret................	3.251	
Pratz-de-Mollo..........	3.484	
RHIN (BAS-).		
Strasbourg.............	49.712	Bibliothèque de 56.000 volumes.
Savene................	8.106	
Schelestadt.............	9.746	
Wissembourg...........	6.097	
Bouxaviller.............	3.756	
Saar-Union ou Werden ...	3.531	
Barr................	4.514	
Dambach.............	3.507	
Erstein	3.613	
Obernai................	4.795	
Rosheim................	3.772	
Chatenois.............	3.867	
Bischavillier...........	5.927	
Brumath................	4.062	
Haguenau.............	9.697	
Molsheim.............	3.225	
Wasselonne.............	4.191	
RHIN (HAUT-).		
Colmar................	15.442	Bibliothèque de 65.000 volumes.
Belfort	5.753	Id. peu nombreuse.
Mulhausen.............	13.300	
Cernay................	3.416	
Massevaux	3.053	
Thann................	3.937	
Guebwiller.............	3.637	
Kaysersberg.............	3.053	
Ste-Croix-aux-Mines, ...	3.262	

DÉSIGNATION DES DÉPARTEMENS et des villes.	POPULAT.	BIBLIOTHÈQUES.
Ste-Marie-aux-Mines.....	9.961	
Munster...............	4.340	
Orbey.................	4.926	
Ribeauvillé............	6.558	
Rouffach..............	3.979	
Soultzmalt............	3.139	
Soultz................	4.016	
Wintzenheim..........	3.245	
Bergheim.............	3.518	
RHONE.		
Lyon.....	33.715	Bibliothèque de 110.000 volumes.
Villefranche...........	6.460	Quelques livres.
Condrieu..............	3.864	
Givors................	4.884	
La Guillotière.........	18.294	
Vaise.................	4.237	
Caluire et Cuire........	4.000	
Tarare	6.833	
Amplepuis.............	4.873	
Cours	3.311	
La Croix-Rousse........	9.213	
SAONE (HAUTE-).		
Vesoul...............	5.583	Bibliothèque peu considérable.
Gray.................	5.937	Id. de 4.000 volumes.
Champlitte et le Prélot...	3.835	
Champagney...........	3.129	
Fougerolles...........	5.785	
Luxeil................	3.570	
Servance.............	4.922	
SAONE-ET-LOIRE.		
Mâcon..	10.998	Bibliothèque peu nombreuse.
Autun................	9.921	Id. Id.
Châlon-sur-Saône	12.500	Id. Id.
Louhans..............	3.411	
Anost................	3.004	
Le Creuzot	3.117	
Chauffaille...........	3.292	
Paray-le-Monial.........	3.400	
Cluny	4.152	
Romenay..............	3.015	
Tournus..............	5.311	
SARTHE.		
Le Mans..............	19.792	Bibliothèque de 42.000 volumes.
La Flèche	6.421	Id. peu nombreuse.

DÉSIGNATION DES DÉPARTEMENS et des. villes.	POPULAT.	OBSERVATIONS.
La Ferté-Bernard........	2.500	Bibliothèque de 1.800 volumes.
Mamers	5.832	Quelques livres.
Saint-Calais............	3.638	
Ballon................	4.078	
Ecommoy............	3.499	
Parigné-l'Evêqne........	3.189	
Bonnétable............	5.803	
Nogent-le-Bernard........	3 020	
Le Lude...............	3.250	
Mayet................	3.519	
Sablé.................	3.999	
Château-du-Loir........	3.056	
Vibraye...............	3.037	
SEINE.		
Saint-Denis............	9.686	Bibliot. peu nombreuse.
SEINE-ET-MARNE.		
Melun................	5.201	Bibliothèque de 7.500 volumes.
Fontainebleau..	8.122	Id. peu nombreuse.
Nemours..............	3.839	Id. de 10.500 volumes.
Provins...............	5.665	Id. de 11.000 volumes.
Meaux................	8.537	
Coulommiers...........	3.335	
Montereau............	4.153	
La Ferté-sous-Jouarre ...	3.927	
SEINE-ET-OISE.		
Versailles.............	28.479	Bibliothèque de 45.000 volumes.
Corbeil...............	3.708	Id. de 4.000 volumes.
Mantes...............	4.148	Id. de 4.000 volumes.
Pontoise..............	5.458	Id. de 3.400 volumes.
Rambouillet...........	3.147	
Saint-Germain..........	10.671	Id. peu nombreuse.
Etampes..............	8.109	
Sèvres...............	3.973	
Argenteuil............	4.542	
Rueil................	3.417	
Meudon..............	3.026	
SEINE-INFÉRIEURE.		
Rouen................	88.086	Bibliothèque de 28.000 volumes.
Dieppe...............	16.016	Id. de 3.500 volumes.
Gournay-en-Brie........	3.303	Id. peu nombreuse.
Le Hâvre....	23.816	Id. de 6.000 volumes.
Neufchâtel-en-Braye....	3.430	Id. peu nombreuse.
Yvetot	9.021	Quelques livres.

DÉSIGNATION DES DÉPARTEMENS et des villes.	POPULAT.	BIBLIOTHÈQUES.
Eu	3.543	
Bolbec	9.630	
Fécamp	9.123	
Ingouville	5.666	
Montivilliers	3.828	
Darnétal	5.572	
Caudebec-les-Elbeuf	3.930	
Elbeuf	10.258	
Oisel-la-Rivière	3.113	
Deville-les-Rouen	3.185	
Doudeville	3.172	
St-Valery-en-Caux	5.328	
Canteleu	3.370	
Sotteville-les-Rouen	3.912	
SÈVRES (DEUX)		
Niort	16.175	Bibliothèque de 10.500 volumes.
Parthenay	4.024	
Saint-Maixent	4.329	
SOMME.		
Amiens	44.001	Bibliothèque de 42.000 volumes.
Abbeville	19.162	Id. de 4.800 volumes.
Doulens	3.703	
Montdidier	3.769	
Péronne	3.802	
Saint-Valery-sur-Somme	3.265	
Roye	3.636	
Vignacourt	3.799	
TARN.		
Alby	11.665	Bibliothèque de 10.500 volumes.
Castres	16.418	Id. de 6.500 volumes.
Lavaur	7.179	Id. de 3.500 volumes.
Gaillac	7.725	
Paulin	3.469	
Ambialet	3.623	
Castelnau-de-Brussac	4.552	
Labruguière	3.735	
Lacauoe	3.681	
Lautrec	3.606	
Boissezon	3.362	
Mazamet	7.098	
Montredon	4.852	
Castelnau-de-Montmirail	3.104	
L'Isle-d'Alby	5.065	
Rabastens	6.966	

DÉSIGNATION DES DÉPARTEMENS et des villes.	POPULAT.	BIBLIOTHÈQUES.
Graulhet..............	5.097	
Puylaurens............	5.160	
TARN-ET-GARONNE.		
Montauban........	24.660	Bibliothèque de 10.500 volumes.
Beaumont-de-Lomagne....	4.131	
Castelsarrasin...........	7.092	
Verdun-sur-Garonne.....	4.234	
Lauzerte..............	3.685	
Moissac..............	10.165	
Montaigu.............	4.172	
St-Antonin	5.462	
Caussade.............	4.776	
Renlville.............	3.030	
Caylus..............	5.319	
La Française...........	3.686	
Negrépelisse...........	3.126	
VAUCLUSE.		
Avignon..............	29.889	Bibliothèque de 27 000 volumes.
Carpentras...........	9 817	Id. de 19 500 volumes.
Apt.................	5.707	
Orange	9 123	Bibliothèque peu nombreuse.
Pertuis..............	4.520	
Courteson............	3.053	
Cavaillon.............	6.911	
L'Isle...............	6.052	
Mazan..............	3.851	
Manteux.............	4.760	
Pernes..	4.593	
Bolléne.............	4.672	
Mulaucène...........	3.069	
Caderousse...........	3.169	
Valréas..............	4.348	
VAR.		
Brignoles............	5.940	Bibliothèque de 1.200 volumes.
Cotignac.............	3.602	Id. de 3.000 volumes.
Saint-Maximin....	3.637	Id. de 3.000 volumes.
Aups................	3.083	
Draguignan.	9.804	Bibliothèque de 7.500 volumes.
Lorques.............	5.444	
Luc (le).............	3.580	
Saint-Tropez..........	3.736	
Antibes.............	5.565	
Cannes.............	3.994	Bibliothèque de 4.500 volumes.
Grasse..............	12.716	
Vence.....	3.312	

DÉSIGNATION DES DÉPARTEMENS et des villes.	POPULAT.	BIBLIOTHÈQUES.
Le Beausset............	3.326	
Cuers.................	5.106	
Hières................	10.140	
Saint-Nazaire...........	3.695	
Ollioules..............	3.132	
La Seine......	6.732	
Six-Fours..............	3.081	
Solliés-le-Pont.........	3.493	
Toulon................	28.419	Bibliothèque de 3.600 volumes.
VENDÉE.		
Bourbon-Vendée	3.904	Bibliothèque de 5.000 volumes.
Les-Sables-d'Olonne.....	4.906	Id. peu nombreuse.
Fontenay-le-Comte......	7.504	
Aizenay	3.303	
Le Poiré-sur-Bourbon. ...	8.724	
Luçon...	3.786	
Challans...............	3.288	
Saint-Jean de-Mont.....	3.809	
Noirmoutiers...........	7.011	
VIENNE.		
Poitiers..............	23.120	Bibliothèque de 13.000 volumes.
Châtellerault...........	9.437	
Loudun................	5.078	
Montmorillon	3.608	
Mail'é.................	3.014	
VIENNE (HAUTE-).		
Limoges	17.611	Bibliothèque de 11.500 volumes.
Bellac................	3.607	
Saint-Yriex	6.542	
Châteauponsat..........	3.742	
Magnac-Laval...........	3.455	
Eymoutiers.	3.436	
Soint-Léonard..........	5.705	
Aureil................	10.608	
Saint-Junien	5.895	
Oradours-sur-Vayres.....	3.058	
Rochechouart..........	3.996	
VOSGES.		
Epinal................	9.070	Bibliothèque de 10.000 volumes.
Mirecourt.............	5.574	Id. de 6.500 volumes.
Neufchâteau...........	3.524	Id. de 7.500 volumes.
Rembervilliers	4.990	Id. de 9.500 volumes.
Remiremont........ ...	4.686	Id. de 4.500 volumes.

DÉSIGNATION DES DÉPARTEMENS et des villes.	POPULAT.	BIBLIOTHÈQUES.
Saint-Dié.............	7.707	Bibliothèque de 9 5oo volumes.
Plainfaing.............	3.074	Id. de 4.5oo volumes.
Raon-l'Etape..........	3.244	
Xertigny.............	3.283	
Valdajol.............	5.958	
Ramonchamp..........	3.200	
Rupt.................	3.672	
Gérardmer............	5.071	
YONNE.		
Auxerre.............	11.439	Bibliothèque de 15.000 volumes.
Sens................	9.279	Id. de 6.000 volumes.
Avalon..............	5.569	
Joigny..............	5.537	
Tonnerre............	4.242	
Villeneuve-le-Roi.......	4 966	

Milton Keynes UK
Ingram Content Group UK Ltd.
UKHW030107251024
450061UK00021B/70